花鸟物语

美月冷霜　著

第一辑

中国财富出版社有限公司

图书在版编目（CIP）数据

花鸟物语．第一辑 / 美月冷霜著．—北京：中国财富出版社有限公司，2022.10
ISBN 978-7-5047-7789-8

Ⅰ．①花…　Ⅱ．①美…　Ⅲ．①诗集—中国—当代　Ⅳ．①I227

中国版本图书馆 CIP 数据核字（2022）第 193371 号

策划编辑　朱亚宁　　**责任编辑**　孙　勃　　**版权编辑**　李　洋
责任印制　尚立业　　**责任校对**　张营营　　**责任发行**　杨恩磊

出版发行　中国财富出版社有限公司
社　　址　北京市丰台区南四环西路 188 号 5 区 20 楼　　**邮政编码**　100070
电　　话　010-52227588 转 2098（发行部）　010-52227588 转 321（总编室）
　　　　　　010-52227566（24 小时读者服务）　010-52227588 转 305（质检部）
网　　址　http://www.cfpress.com.cn　　**排　　版**　北京琦字文化传播有限公司
经　　销　新华书店　　**印　　刷**　番茄云印刷（沧州）有限公司
书　　号　ISBN 978-7-5047-7789-8/I·0350
开　　本　710mm×1000mm　1/16　　**版　　次**　2023 年 1 月第 1 版
印　　张　38.75　　**印　　次**　2023 年 1 月第 1 次印刷
字　　数　521 千字　　**定　　价**　98.00 元（全 5 册）

诗人的话

我把诗意种在大地上，叶子碧绿，花朵芬芳。
我邀诗意在枝头成长，果实丰硕，鸟儿歌唱。
我将诗意化成万千阳光，照耀万物，春风荡漾。
我渴望诗意之水尽情流淌，让星河的诗行滚烫之后，
再冷却下来奔向远乡，奔向远方，奔向远方……

赏月当赏人如意
花美要赏初放时
兰香草说无盛事
送缕温柔给知己

红波绿浪借春还
美景美色不胜观
紫罗兰花风吹散
香满人间艳阳天

高峰何处无朝霞
巫山雨尽龙面花
春匀秋水缤纷画
仙气飘飘入邻家

银河封锁寒月天
斜阳温暖欧石楠
云影不为春风艳
凌空开成花底仙

序言

大自然中有植物，也有动物，科学探索从大自然开始。牛顿观察到苹果落地现象，并由此发现了万有引力。后来牛顿成为举世闻名的物理学家。大自然的奥妙同样吸引着另一位科学巨人，18岁的爱因斯坦看到一只失明的甲虫，稳稳当当地在弯曲的树枝上爬行，就此发现了引力会使光线弯曲的原理，进而预言恒星与太阳的强引力场会导致光线行进轨迹发生偏转。由一束光开始研究，爱因斯坦创立了相对论，并用此理论成功证实：无论是宇宙天体还是世界万物的无穷无尽，均为相对而言。到底是谁成就了伟大的物理学家呢？答案就是大自然，世界上的很多探索之旅都从大自然开始。

大自然可以让种子发芽，并成就新的生命。作者希望透过花鸟物语系列抛砖引玉，让更多人关注大自然，进入大自然中，并分享诗意生活。什么才叫诗意生活？首先，试着学会观察大自然的和谐之处：每一只小鸟，每一朵小花，每一片云彩都可能与我们一见如故。人们一旦关注大自然，投身大自然，融入大自然，内心就会变得更富足，眼神会变得更清澈，语言会变得更优美，知识会变得更广博，生命从此会变得更有意义。

同理，人体健康与大自然也有着不可分割的关系，我们的衣食住行无不源于大自然。早年，也许人们不曾知道广东有什么特色，自从有了荔枝，广东的特色水果就此广为人知；也许人们不曾知道海南有什么特产，自从有了椰子，海南的特色水果就此广为人知；也许人们不曾知道新疆有什么美味，自从有了吐鲁番葡萄，新疆的特色水果就此广为人知；也许人们不曾知道西藏有什么水果，自从有了黑钻苹果，西藏的特色水果就此广为人知；也许人们不曾知道山东什么水果最出名，自从有了烟台苹果，山东的特色水果就此广为人知；也许人们不曾知道河北有什么宝藏水果，自从有了雪花梨，河北的特色水果就此广为人知；也许人们不曾知道浙江有什么水果，自从有了杨梅，浙江的特色水果就此广为人知；也许人们不曾知道安徽有什么特产，自从有了砀山梨，安徽的特色水果就此广为人知。让产地出名的水果还有内蒙古的河套蜜瓜，江苏的阳山蜜桃，天津的鸭梨，河南的汴梁西瓜，山西的万荣苹果，江西的赣南脐橙，广西的百香果，湖南的永兴冰糖橙。中国有名的果品还有很多很多，恕不一一列举。每每提起这些好吃的东西，人们自然而然就会联想起产地，说起产地的生态环境、人文风情和历史文化，这个地方也就伴随着特产而让人耳熟能详。几乎所有优秀物种都是大自然的恩赐，保护生态环境，热爱大自然，让大自然保持永恒活力，是我们每一个人的责任和义务。在探索大自然的同时，我们也将拥有诗意满满的美好生活。

谨将此书献给全世界每一位热爱大自然的人。

目录
contents

B

C

D

七言话花鸟

bā jiǎo
八角

qiū fēng bù dù qīng shān qún　bā jiǎo pán diǎn qiān zǎi chūn
秋风不妒青山群，八角盘点千载春。
tiáo wèi háng lǐ yǒu gàn jìn　chū dào yòu féng zhī jǐ rén
调味行里有干劲，出道又逢知己人。

八角，别名：大料、八月珠、八角香、大茴香。木兰科，八角属，乔木。产于中国南部地区。八角的最大主产集散地为广西地区，广西省桂平市的八角最为有名。八角树多生长于温暖湿润的山谷平原中。枝繁叶茂，枝头簇生长柄绯红色莲状小花朵。红褐色八角果实悬垂下来也特别美，香味浓郁，是制作荤菜佳肴不可或缺的重要配料。物语：千年食至，可谓大矣。

bā dòu
巴豆

dōng xī nán běi liǎng jí shān, bā dòu lǐng xiān zhàn tiān xiǎn
东西南北两极山，巴豆领先占天险。

zhāo yún mù yǔ kàn gè biàn, wàn fū mò dí zhèng bǎ guān
朝云暮雨看个遍，万夫莫敌正把关。

巴豆，别名：双眼龙、八百力。大戟科，巴豆属，灌木或乔木，高2~7米。产于中国长江以南地区。巴豆为巴豆树的成熟果实，因其不仅有大泻之虞，还有大毒之忧，故在古药籍中被列为“斩关夺隘之将”，不可轻易使用。巴豆药性过烈，为医书中记载的传统中药材，具有解除腹内积蓄等功效，因其毒性过大，不可用于减重瘦身。物语：凶猛如虎，见者服输。

bā jǐ tiān
巴戟天

bā jǐ tiān zhōng chūn yì shēng　shēn cáng bù lù huā róu qíng
巴戟天中春意生，深藏不露花柔情。
fēng luò yè zi shàng xián zhòng　zěn rěn jiāo chū qiū shōu cheng
风落叶子尚嫌重，怎忍交出秋收成。

巴戟天，别名：大巴戟、三角藤、鸡眼藤、猫肠筋、巴戟、鸡肠风、黑藤钻。茜草科，巴戟天属，藤本。产于中国南部地区，分布于广东、广西等地区。野生巴戟天叶子油绿色，分散于韧性十足的枝条上，似乎有一种经不起风的调皮，多生长于山区沟谷。巴戟天是一种名贵中药材，具有强筋骨等功效。物语：透彻解读，必可领悟。

bái cài
白菜

lán tiān hǎo fēng yǒu shì wú，hé shí sòng lái jí shí yǔ
蓝天好风有是无，何时送来及时雨。

bái cài yě yǒu xiǎo qíng xù，jí yú xiě jìn qún fāng pǔ
白菜也有小情绪，急于写进群芳谱。

白菜，别名：黄芽白、菘。十字花科，芸薹属，二年生草本。原产于中国华北地区，现各地广泛栽培。白菜较耐寒，喜冷凉气候。在盛产白菜的山东省以及东北三省，有个谚语叫“头伏萝卜末伏菜”，是说立秋之后种植白菜最好。白菜营养丰富，可制作各种菜肴，且富含膳食纤维和抗氧化物质，能促进肠道蠕动，帮助消化。物语：生长快速，赏心悦目。

bái dòu
白豆

xì xiǎo wēi guāng jù huī huáng　bái dòu zhī tóu huā kāi zhāng
细小微光聚辉煌，白豆枝头花开张。

jiē chéng guǒ shí yǎng wǔ zàng　měi míng chuān yuè shí kōng láng
结成果实养五脏，美名穿越时空廊。

白豆，别名：眉豆、饭豇豆、米豆、甘豆。豆科，豇豆属。分布于中国河北、江苏、四川等地区，明朝初期引入中国后曾由小部分地区少量栽培种植。后因其营养价值高，云南和贵州开始大面积种植并出口日本。白豆营养丰富，几乎不含糖分，适合糖尿病人食用。白豆为传统中药材，具有健脾益肾等功效，嫩苗可作蔬菜。物语：视线所及，天然无敌。

bái jí
白及

chūn kàn lǜ yè xià shǎng huā, bái jí biàn chéng zhōng yào wá
春看绿叶夏赏花，白及变成中药娃。
wán shàn jī xuě hé xū pà, yuè shàng liáng tíng zhào tiān jiā
纨扇积雪何须怕，月上凉亭照天家。

白及，别名：连及草、甘根。兰科，白及属，地生草本。产于中国多个地区，分布于朝鲜半岛和日本。白及是地生兰花，叶子碧绿，花形优雅，其兰香若有若无。以四川省苍溪县产的白及为上品。白及被列入中国《国家重点保护野生植物名录》。其干燥块茎具有消毒、抗炎等疗效，提炼物可延缓黑色素的形成，有美容功效。物语：风中起舞，自给自足。

白鲜
bái xiān

běn cǎo gāng mù chuán chéng yuǎn, bái xiān bié míng shān mǔ dān。
本草纲目传承远，白鲜别名山牡丹。

héng dìng liàng zǐ suī bù biàn, yào yòng réng xū hǎo shí jiān。
恒定量子虽不变，药用仍需好时间。

白鲜，别名：八股牛、山牡丹、金雀儿椒、千金拔、大茴香。芸香科，白鲜属，茎基部木质化多年生宿根草本，高约1米。产于中国南北方多个地区。花期5月，果期8—9月。白鲜有香气，花朵呈玫红色或粉紫色，为优质蜜源植物。白鲜根皮为传统中药材，具有清热解毒等功效。嫩苗和茎叶可以采摘焯水后当蔬菜食用。物语：田野馈赠，养颜美容。

bái yīng
白英

tiān qíng míng yuè chū yín hé, bái yīng tà yún fù huā yuē.
天晴明月出银河，白英踏云赴花约。
shēn qíng kuǎn kuǎn ruò kěn luò, hěn kuài biàn kě jiē shuò guǒ.
深情款款若肯落，很快便可结硕果。

白英，别名：白草、白荚、排风屯、天泡子、毛风藤、排风藤。茄科，茄属，草质藤本。产于中国多个地区，周边国家有分布。白英叶茎绿色，长满白色细长且柔软的绒毛，夏季可采摘嫩茎叶食用。秋季，开白色小花，结红色浆果，成熟后呈黑红色。白英为传统中药材，具有清热解毒、消肿利湿等功效。物语：花如人愿，其美如山。

bái zhǐ
白芷

gāo dà cǎo běn xuě huā tiān，miào rú líng dān qū dōng hán
高大草本雪花天，妙如灵丹驱冬寒。
bái zhǐ wèi jí shuō sī niàn，chūn fēng yǐ jīng rù xīn tián
白芷未及说思念，春风已经入心田。

白芷，别名：兴安白芷、河北独活、川白芷、狼山芹。伞形科，当归属，多年生高大草本。花期7—8月，果期8—9月。产于中国东北及华北等地。四川省遂宁市种植白芷已经有 600 多年历史，所产的川白芷为中国国家地理标志产品。白芷的嫩茎剥皮后可供食用。其干燥根为传统药材，用于治疗伤风头痛、风湿性关节疼痛等症。物语：有限生命，无限动能。

bǎi dài lán
百代兰

sì shí yì nián shēng mìng yuán　hǎi dǐ cáng yǒu wàn mǐ shān
四十亿年生命源，海底藏有万米山。

wù zhǒng yǎn huà wèi jiān duàn　bǎi dài lán shuō yào chūn tiān
物种演化未间断，百代兰说要春天。

百代兰。兰科，百代兰属，多年生草本。原产于泰国，分布于东南亚地区，世界多国均有栽培，中国南方地区引进栽培观赏。花期春末夏初。百代兰有多个种属，为生长在树上的附生兰花。百代兰有气根，互生叶片肥厚，开簇生橘色小花，花瓣浑圆有腊质感。百代兰极受年轻花友喜爱，为近年来颇受人们追捧的盆栽植物之一。物语：一抹绿意，减排开启。

bǎi lǐ xiāng
百里香

zòng shǐ yáo dé tiān biàn cháng，bù jiàn jiù dì qǐ fēi shuāng。
纵使摇得天变长，不见就地起飞霜。

shù diǎn luò hóng guà qiáng shàng，yáo wàng fēng liú bǎi lǐ xiāng。
数点落红挂墙上，遥望风流百里香。

百里香，别名：千里香、地椒叶、山薄荷、地花椒、麝香草、地角花、山胡椒。唇形科，百里香属，半灌木。分布于中国甘肃、陕西、青海、山西及河北，南北方都有野生的百里香。花期7—8月。百里香植株小，叶片也很小，味道却很浓烈，可作香料。盛开时，粉紫色花朵数量极多，花团锦簇。百里香花叶均可入菜，可药用。物语：火山能量，天地流芳。

bǎi mài gēn
百脉根

shān qīng shuǐ xiù fēng yōu xián　bǎi mài gēn shēng gǎn ēn tiān
山青水秀风悠闲，百脉根生感恩天。
zhāo qì péng bó jīng cháng jiàn　bǎo shuǐ gù tǔ máng de huān
朝气蓬勃经常见，保水固土忙得欢。

百脉根，别名：五叶草、牛花角。豆科，百脉根属，多年生草本。产于中国，世界各地广泛分布。花期5—9月，果期7—10月。百脉根植株不高，绿色茎叶茂密，多匍匐生长于地面，为优质牧草，亦为优良的蜜源植物。大片蝶形小花展翅欲飞形成金灿灿的花海，极为壮观惊艳，深受广大摄影爱好者喜爱。有清热、止渴等功效。物语：人间悲喜，尽收眼底。

bàng yè luò dì shēng gēn
棒叶落地生根

fēng liú hé chù bù xiāng sī, bàng yè luò dì shēng gēn jī
风流何处不相思，棒叶落地生根基。
lí huā yuè wò mèng huàn dì, bù zhī shòu yòng dào jǐ shí
梨花月卧梦幻地，不知受用到几时。

棒叶落地生根，别名：洋吊钟、锦蝶。景天科，伽蓝菜属，二年生或多年生。原产于非洲马达加斯加中部和南部，中国广东等地引进栽培观赏。野生棒叶落地生根多生长在岩缝、屋顶等贫瘠处，缺少养分的它看上去细小苍劲，独具风采。盆栽后，枝茎高挑，整株呈水灵的嫩绿色，顶端盛开红色或者橙色小花，优雅漂亮。物语：独特植物，另有情趣。

bǎo gài cǎo
宝盖草

bù yóu zì zhǔ fēng lái lín， qīng tīng yòng shí liǎng sān fēn
不由自主风来临，倾听用时两三分。

bǎo gài cǎo shàng huā fēng yùn， jìn rǎn gù tǔ nán lí rén
宝盖草上花风韵，尽染故土难离人。

宝盖草，别名：灯笼草、珍珠莲、接骨草、莲台夏枯草。唇形科，野芝麻属，一或二年生草本。产于中国各地区，是野生野长的野菜。花期3—5月，果期7—8月。早春三月宝盖草的粉紫色美丽小花就会抱茎绽放。小坚果淡灰黄色，具三棱。宝盖草全草入药，可治外伤骨折、跌打损伤、红肿、高血压等症。物语：故土恋天，药在眼前。

bì má
蓖麻

rén lèi lì shǐ bǎi wàn nián qiū shōu dōng cáng bù jiǎn dān
人类历史百万年，秋收冬藏不简单。

bì má cóng wèi dòng fán niàn nài hé zhuàng shàng sā huān tiān
蓖麻从未动凡念，奈何撞上撒欢天。

蓖麻，别名：牛蓖、大麻子、草麻、巴麻子、红麻、金豆、洋黄豆、洋金豆。大戟科，蓖麻属，一年生粗壮草本或草质灌木。原产于非洲东北部热带地区，传入中国历史悠久。蓖麻在北方地区多为野生野长的高大杂草，常被连根拔起并晒干当柴烧。蓖麻种仁可入药，具有消肿、拔毒、泻下、通滞等功效。种子有毒，不可食。物语：人畏之患，尽可防范。

bīng láng
槟榔

zhī yè zhāo zhǎn jìng wú shēng　wàn lǐ tiāo yī yù tíng tíng
枝叶招展静无声，万里挑一玉婷婷。
qì dìng shén xián liù gēn jìng　bīng láng zhī gōng tiān cù chéng
气定神闲六根净，槟榔之功天促成。

槟榔，别名：槟榔子、橄榄子、大腹子、青仔、宾门、仁榔、枣尔槟。棕榈科，槟榔属，乔木，高可达30米。产于中国云南、海南等地区。在中国南方以及东南亚国家部分地区的人们有咀嚼槟榔的习惯。槟榔可致幻，且含致癌物质，在不少国家被法律严令禁止。槟榔为医书中记载的传统中药材，具有杀虫等作用。物语：内露煞气，弊大于利。

bō niang hāo
播娘蒿

pī xīng dài yuè dào chūn hán mò jiǎo yě cǎo kào biān zhàn
披星戴月倒春寒，没脚野草靠边站。

bō niang hāo zi zuì dà dǎn zhí jiē chuǎng rù táo huā tián
播娘蒿子最大胆，直接闯入桃花田。

播娘蒿，别名：麦蒿、青蒿、米米蒿、大蒜芥、野芥菜、大适。十字花科，播娘蒿属，一年生草本。世界各地广泛分布，中国各地区均有野生种分布。播娘蒿入土就长，常为麦地杂草除而不尽。清明节前后，播娘蒿便开始茂盛起来，细高的茎上绽放出美丽的亮黄色小花。播娘蒿种子可入药，具有消肿等功效。物语：绿野仙踪，颇为有用。

cán dòu
蚕豆

yín fēng yǒng yuè bù chū qí，wèi zhòng cán dòu qǐ zhēng zhí
吟风咏月不出奇，为种蚕豆起争执。
bā yuè zhǒng zi cái luò dì，hé shí děng dào chéng shú shí
八月种子才落地，何时等到成熟时。

蚕豆，别名：南豆、胡豆、川豆、坚豆、佛豆、马齿豆、罗汉豆。豆科，野豌豆属，一年生草本。原产于地中海沿岸，亚洲西南部至北非，中国各地均有栽培，以长江以南为胜。花期4—5月，果期5—6月。蚕豆是人类最早栽培的食用豆类作物之一。中国在西汉时引入蚕豆，栽培历史悠久。蚕豆可药用，具有降血脂等功效。物语：巧设天工，田中怡情。

chánɡ yào bā bǎo
长药八宝

huā chī huā nú zuì huā chénɡ　yòu hónɡ yòu lǜ yòu chūn fēnɡ
花痴花奴醉花城，又红又绿又春风。
chánɡ yào bā bǎo bù rèn xìnɡ　ɡù shǒu dà dì ɡònɡ yuè mínɡ
长药八宝不任性，固守大地共月明。

长药八宝，别名：石头菜、蝎子掌、八宝景天。景天科，八宝属，多年生草本。产于中国东北和华北等多个地区，朝鲜有分布。花期8—9月，果期9—10月。长药八宝栽培历史悠久，生于低山多石山坡上，植株美观大方，叶子翠绿丰腴，盛开时花团锦簇，形成粉红色花海。长药八宝可用来布置花坛，做网圈、方块、扇面等造景。物语：济世良药，民间八宝。

cāng ěr
苍耳

tián jiān dì tóu bá bù jìng　cāng ěr zi huā dàn xuě qīng
田间地头拔不净，苍耳子花淡雪青。
bù zhòng bù yǎng kě zhì bìng　suī shì zá cǎo yě yǒu qíng
不种不养可治病，虽是杂草也有情。

苍耳，别名：苍子、苍耳子、青棘子、道人头、粘头婆、粘苍子。菊科，苍耳属，一年生草本。分布于中国东北、华东、华中、西南等地区。花期7—8月，果期9—10月。苍耳为乡村常见的野草，连根拔除晒干，再摔掉扎手的苍耳子，可以当柴烧。苍耳全草、根、花和带总苞的果实可入药，具有降血糖等功效。物语：早年泛滥，如今稀罕。

cāng zhú
苍术

gāo shēn mò cè jǐ shí xiū, wú yù wú qiú zuì zì yóu。
高深莫测几时休，无欲无求最自由。

cháng shēng bù lǎo yǒu chéng jiù, cāng zhú yào lì pái bǎng shǒu。
长生不老有成就，苍术药力排榜首。

苍术，别名：赤术、山精、仙术。菊科，苍术属，多年生草本。分布于中国黑龙江、吉林、山西、甘肃、浙江等地区，朝鲜及俄罗斯远东地区亦有分布。苍术植株直立，根状茎粗长或呈疙瘩状，绿色茎叶稀疏有致，秋季绽放漂亮的白色小花，为有名的传统中药材。根状茎可入药，具有祛燥湿、化浊、止痛等功效。物语：恬淡心境，广渡众生。

草果

cǎo guǒ

lǜ yè qīng yǎn dēng lán shān fēng chuī cǎo guǒ huā nán mián
绿叶轻掩灯阑珊，风吹草果花难眠。

duī hóng qì yù ruò xiǎng kàn jiè lǚ yuè guāng dào zhěn biān
堆红砌玉若想看，借缕月光到枕边。

草果，别名：草果子、老蔻、草果仁、智之子。姜科，豆蔻属，多年生丛生草本，高达3米。产于中国云南、广西、贵州等地区。云南的文山州马关县栽培草果历史已经有三百多年。花期4—6月，果期9—12月。草果喜欢生长于温暖潮湿的山林环境。新鲜草果气味芳香，晒干后可作调味香料。果实入药，能除瘀消食。物语：家常菜色，味不可夺。

草莓

(cǎo méi)

bàn shì xuě huā bàn shì fēng, mǎn tiān xīng dǒu méng lóng hóng

半是雪花半是风，满天星斗朦胧红。

cǎo méi bù shì yán sè kòng, gù xié cǎi yún liú làng zhōng

草莓不是颜色控，故携彩云流浪中。

草莓，蔷薇科，草莓属，多年生草本。原产于南美，大约有两万多个品种，世界各地广泛栽培。中国引进或自行培育的品种有近三百个。花期4—5月，果期6—7月。叶三出，边缘具锯齿，花瓣白色，呈聚伞花序。草莓果实外形漂亮，口感鲜甜，营养丰富，老少皆宜。新鲜草莓具有保护视力、促进胃肠蠕动的功效。物语：里外透红，风韵天成。

cǎo mù xī
草木樨

nián nián chū chūn liǔ shāo huáng，yè yè jiǎo dé ní tǔ xiāng
年年初春柳梢黄，夜夜搅得泥土香。

cǎo mù xī xiǎng qǐ lǜ làng，què yòu bù shě huā yī shang
草木樨想起绿浪，却又不舍花衣裳。

草木樨，别名：白香草木樨。豆科，草木犀属，二年生草本。产于中国东北、华南、西南各地区，生于山坡、河岸、路旁、砂质草地及林缘。花期5—9月，果期6—10月。植株强壮多分枝，花繁叶茂叫美丽。草木樨的翠绿色嫩叶可以当青饲料，是常见牧草。黄色花穗细长精致，层层叠叠近乎完美。全草有清热解毒、化湿止痛等功效。物语：流翠护航，花更芳香。

chái guì pí
柴桂皮

qiū rì qiū yè fēng rú chū　guì shù guì zhī xiāng jǐ lǚ
秋日秋夜风如初，桂树桂枝香几缕。

yuè gōng zuì shì hǎo qù chù　zì cǐ bù shòu bāo pí kǔ
月宫最是好去处，自此不受剥皮苦。

柴桂皮，别名：肉桂、官桂、桂皮、红桂、土肉桂。樟科，樟属，乔木，高达20米。产于云南西部。花期4—5月。人们可以采集其桂皮当作日常荤菜烹调香料。柴桂皮以中国广东省云浮市罗定产的最为著名，其所产桂皮微辣芳香，有淡淡甜味，所含挥发油具有天然胰岛素的类似物质，经常泡水饮用能够控制和降低血糖。物语：嫦娥玉兔，稀有桂树。

陈皮

时光穿越千百年，陈皮越老越值钱。
实用可不看表面，诚信进入中药圈。

陈皮，中药名，为芸香科植物橘及其栽培变种的干燥成熟果实。产于中国福建、浙江、广东、广西、江西、湖南等地区。陈皮所用果皮为通过栽培改良后的柑橘外皮，经过干燥工艺制成传统中药材。以广东省江门市新会陈皮最为著名。陈皮存放的时间越长越好。用炖盅蒸陈皮和瘦肉食用，可润肺止咳，健脾养胃。物语：流云有形，老树无声。

chèng chuí shù
秤锤树

zuó yè fēng yǔ mò yún huān　yuè luò yún jiē zhē wàng yǎn
昨夜风雨墨云欢，月落云阶遮望眼。
chūn rě jiù huān jiā xīn yuàn　chèng chuí shù huā bù yè tiān
春惹旧欢加新怨，秤锤树花不夜天。

秤锤树，别名：捷克木。安息香科，秤锤树属，落叶小乔木，高达7米。产于中国河南东南部、江苏西南部及浙江西北部，生长于海拔500~800米林缘或疏林中。4月份，秤锤树的枝头绽放出细细的长梗小花，一簇簇悬垂下来，含羞带怯，洁白无瑕。7月份，秤锤树的枝头挂满秤砣似的小果子，在夏日里摇曳生姿。物语：开阔胸怀，快乐飞来。

chì xiǎo dòu
赤小豆

lí rén ruò yǒu xiāng sī chóu, jiāo yǔ bái yún xìn tiān liú.
离人若有相思愁，交与白云信天流。

qiū fēng cháng bàn chì xiǎo dòu, xiān jiě xīn jié hòu jiě yōu.
秋风常伴赤小豆，先解心结后解忧。

赤小豆，别名：赤豆、红小豆、米豆、饭豆、爬豆、红饭豆、赤豇豆。豆科，豇豆属，一年生草本。原产于亚热带地区，引入中国栽培悠久，已经有两千多年历史，也为世界上赤小豆主产国。花期5—8月。赤小豆营养丰富，主要用于制作副食品。赤小豆可药食两用，为传统中药材，具有行血补血、健脾祛湿等功效。物语：般实话题，恒久方式。

chuān è wū tóu
川鄂乌头

wān yuè bù guà tiān xià yōu, qiān gǔ tián zhǎng chuān wū tóu.
弯月不挂天下忧，千古田长川乌头。
yòng yào jué fēi jì niǔ kòu, wú wù kě niàng cháng mìng jiǔ.
用药绝非系纽扣，无物可酿长命酒。

川鄂乌头，别名：川乌头、羊角七。毛茛科，乌头属，多年生草本。分布于中国四川东部和湖北西部，以四川所产最负盛名，故别名川乌头。早年间曾经为四川地区山地丛林中疯长的野草，长有鸡爪似的叶子，抱茎生紫色钟状花朵，看起来优雅美丽。川鄂乌头根茎肥大，为中药材，具有祛湿活血等功效。物语：人生如河，岁月流过。

穿龙薯蓣

chuān lóng shǔ yù

liù yuè biàn chéng lǜ hǎi yáng，chuān shān lóng téng rào tiān zhǎng。

六月变成绿海洋，穿山龙藤绕天长。

huǒ xīng zhuàng dào dì qiú shàng，fēng kuáng yī diǎn yòu hé fáng。

火星撞到地球上，疯狂一点又何妨。

穿龙薯蓣，别名：野山药、穿山龙、过山龙、穿地龙、地龙骨、山常山、海龙七。薯蓣科，薯蓣属，缠绕草质藤本。产于日本、朝鲜及俄罗斯，分布于中国东北、华北、山东、河南等地区。野生穿龙薯蓣多缠绕在树干上生长，有的攀缘在其支撑植物上。根状茎为传统中药材，民间用来治腰腿疼痛、筋骨麻木等症。物语：地底纵横，出土有用。

垂柳
chuí liǔ

yòng xīn gèng bǐ bù yòng kǔ, jīn rén wú fǎ zài fù gǔ.
用心更比不用苦，今人无法再复古。
jǔ mù wàn zhū liǔ shù lǜ, zhī tóu jìn shì qiān qiū yǔ.
举目万株柳树绿，枝头尽是千秋雨。

垂柳，别名：垂杨柳、杨柳。杨柳科，柳属，落叶乔木。产于中国北部地区，北方城市早春最显著的特征就是行道两旁的高大垂柳吐青。翠绿色细长悬垂的枝条在微风中摇曳，水葱似的嫩黄柳芽秀色可餐。待柳芽变成绿色，柳絮飞扬，那是另一番晚春景色。垂柳的枝和须根均为医书中记载的中药材，具有祛风除湿等功效。物语：春烟袅袅，绿雨潇潇。

chún cài
莼菜

yú yàn zhī měi jiē bù rú　xiū huā zhī róu shuǐ tuō chū
鱼雁之美皆不如，羞花之柔水托出。
fēng yún gù jí chūn sī xù　zhé qǔ liú cuì bā jiǔ lǚ
风云顾及春思绪，折取流翠八九缕。

莼菜，别名：露葵、浮菜、菁菜、水案板、马蹄草、水葵、湖菜。睡莲科，莼菜属，多年生水生草本。产于中国南方地区，世界各地水域有分布。莼菜极为珍贵，可食用部分需要季节性尽快采收，只取卷曲初生的嫩芽。采收后制成汤羹鲜美爽滑，为江南名菜“第一碗夏天”。莼菜有医用价值，具有清热解毒等功效。物语：清涟出尘，微光更新。

cōng

葱

hàn shí míng yuè chǔ shí fēng　zī rùn wàn wù qiǎo wú shēng

汉时明月楚时风，滋润万物悄无声。

zhǐ yǒu kǒu yù bù ān jìng　yào chī bái bǐng juǎn dà cōng

只有口欲不安静，要吃白饼卷大葱。

葱，别名：大葱、香葱、火葱、汉葱、火葱头、松根、葱子、葱白头。百合科，葱属，草本。原产于亚洲，经由野生品种驯化而成。中国山东章丘大葱已经有三千多年栽培历史，最为著名且长相娇好。大葱是冬季的重要蔬菜之一，生吃、熟食都美味。大葱富含大葱素，具有抗菌、发汗、解表等功效。物语：聪明好运，万事皆顺。

cuì què
翠雀

xiàng yáng ér nuǎn chū chén tiān， cuì què kāi chū yī mǒ lán。
向阳而暖出尘天，翠雀开出一抹蓝。
chūn hán guò hòu kāi chéng piàn， zhí jiē zuì dǎo bái yún shān。
春寒过后开成片，直接醉倒白云山。

翠雀，别名：飞燕草、鸽子花、百部草、鸡爪莲、大花飞燕草。毛茛科，翠雀属，多年生草本。分布于中国多个地区，俄罗斯西伯利亚地区、蒙古人民共和国也有分布。花期5—10月。翠雀为珍贵稀少的蓝色花卉。开花时，翠雀花箭高挑，绽放出大量冰蓝色花朵，好似一群又一群漂亮的小燕子飞落枝头，鲜活漂亮。物语：蓝伴盛夏，画中有画。

cù jiāng cǎo
酢浆草

shí guāng liú zhuǎn qiān bǎi nián　　bái jū guò xì yī niàn jiān
时光流转千百年，白驹过隙一念间。
cù jiāng cǎo huā huí tóu kàn　　nǐ ruò ān hǎo shì qíng tiān
酢浆草花回头看，你若安好是晴天。

酢浆草，别名：三叶酸、小酸茅、醋浆草、黄花醋酱草。酢浆草科，酢浆草属，草本。产于中国辽宁、江苏、江西、广西、云南等地区，分布于亚洲温带及亚热带、欧洲、地中海地区及北美。酢浆草植株细小，花叶繁茂，极为美丽，叶片精致如荷，为年轻花友的最爱。酢浆草为传统中药材，全草药用，具有清热解毒等功效。物语：扶摇千里，增长见识。

dà dòu
大豆

wàn wù róng kū yìng shí jié　　mǎn shān biàn yě dà dòu kē
万物荣枯应时节，满山遍野大豆棵。
kàn wán rì chū kàn rì luò　　xiāng sī zhuāng mǎn jīn yín wō
看完日出看日落，相思装满金银窝。

大豆，别名：豆子、大豆卷。豆科，大豆属，一年生草本。原产于中国，是重要的粮食作物，世界各地广泛分布，中国南北方栽培大豆已有五千多年历史。大豆富含丰富的植物蛋白质，可以炼油或者制作各种副食品。黑龙江嫩江市、富锦市以及克山县所产的大豆最为著名，上述三地被誉为中国大豆之乡。大豆具有降血脂等功效。物语：志存高远，欲上青天。

dà huā qié
大花茄

zhí wù xué zhōng quán miàn guān　píng fán zhī zhōng bù píng fán
植物学中全面观，平凡之中不平凡。

yù chéng qí měi gōng rén kàn　méi yǒu jiāo róu zhǐ yǒu xiān
玉成其美供人看，没有娇柔只有仙。

大花茄，茄科，茄属。原产于南美洲的玻利维亚至巴西等地区，现热带、亚热带地区广泛栽培，中国广东等地引进栽培观赏。大花茄喜高温，耐热、耐旱、不耐寒。春夏季大丛大丛的大花茄花，盛开得十分壮观、漂亮。大花茄叶子翠绿，美观大方，花朵呈粉紫色，极为美丽，具有净化空气的作用，深圳多个公园中都有栽培。物语：花紫树高，浪漫缭绕。

dà má

大麻

gù yǔ xīn zhī hé chù féng dà má huāng yě yòu chū shēng
故雨新知何处逢，大麻荒野又出生。
zhǐ wàng yuán gè jīng chūn mèng shuí zhī jìn lìng bù fàng xíng
指望圆个惊春梦，谁知禁令不放行。

大麻，别名：火麻、胡麻、野麻、汉麻、麻蓝、山丝苗。桑科，大麻属，一年生直立草本，高达3米。原产于印度、锡金、不丹和中亚西亚，多个国家自有野生品种，中国新疆偶见野生。大麻为不可替代的镇痛药物。大麻的果壳和苞片称“贲”，有毒，治劳伤，多服令人发狂，为致幻元凶，被世界各国法律严禁。物语：因醉而醉，故被定罪。

大麦

dà mài

fēng liú dìng gé shēn qíng zhōng　tián jiān dà mài měi wú qióng
风流定格深情中，田间大麦美无穷。
tíng tíng yù lì qiǎng shàng jìng　jīn sè bō làng zhuāng chū chéng
亭亭玉立抢上镜，金色波浪妆初成。

大麦，别名：牟麦、饭麦、连皮、草麦、裸麦、毛大麦、大麦芽、皮大麦。禾本科，大麦属，一年生直立草本。原产于欧洲，中国各省区均有栽培，为重要的粮食作物，世界各地广泛栽培。野生大麦的驯化地起源于叙利亚和以色列，大麦种植已经有五千余年之久，中国大麦栽培历史悠久。大麦具有食用、饲用，酿造、药用等多种用途。物语：天有美酒，地无忧愁。

丹参

锁红田里出丹参，盈尺春光变美人。
踏青访客有定论，西风不瘦赤子心。

丹参，别名：大红袍、血参根、红参、红根、木羊乳、奔马草、赤参。唇形科，鼠尾草属，多年生草本。产于中国，日本也有分布。在碧绿色叶子的簇拥下，丹参的粉紫色花朵开得非常漂亮，而地下的根茎更美。安徽省全椒县所产的丹参为上品。干燥的根为传统中药材，具有祛瘀生新等功效，主治冠心病。物语：拔萃涌动，心神安定。

dāng guī
当归

ruò shuǐ sān qiān yǐn yī piáo　shuí liào hé huā lái sā jiāo
弱水三千饮一瓢，谁料荷花来撒娇。
dāng guī běn shì zhōng cǎo yào　hú zhōng wēn róu shòu bù liǎo
当归本是中草药，湖中温柔受不了。

当归，别名：干归、云归、秦归、西当归、岷当归、红八轮。伞形科，当归属，多年生草本。产于中国甘肃、云南等多个地区，为著名的传统中草药。当归主要是挖取地下的根，将其加工成片，各地都有自产品种，中国甘肃省岷县所产的当归质量好，产量多。当归自古就有“百药之王”的美称，具有补血活血等功效。物语：点到为止，后会有期。

dāo dòu
刀豆

qiǎn zuì chén shì wèi chū gé　　shēn qíng kě jiè fēng yún shuō
浅醉尘世未出阁，深情可借风云说。
dāo dòu yù dù huā yuè yè　　chū chūn shī yùn shuí lái hé
刀豆欲度花月夜，初春诗韵谁来和。

刀豆，别名：刀豆角、挟剑豆、菜刀豆、刀坝豆、刀豆子、野刀板藤。豆科，刀豆属，缠绕草本。中国多个地区栽培种植，热带、亚热带及非洲广布。刀豆喜温耐热、喜强光，对土壤适应性强。刀豆的嫩荚和种子供食用，须先用水煮，方可食用。刀豆的根及果、种子均可入药，具有行气活血、理肾散瘀等功效。物语：灿若剪碧，遁如君子。

dào

稻

tiān xuǎn wàn wù dāng kǎi mó dào zi wú yán gòng xiàn duō

天选万物当楷模，稻子无言贡献多。

qiū shí jué shèng chūn yán sè měi mào qīng chéng yòu qīng guó

秋实决胜春颜色，美貌倾城又倾国。

稻。别名：水稻、籼稻、旱稻、粳稻、早稻、黑谷子、黑米、糯稻、稻谷、稻芽。禾本科，稻谷属，一年生水生草本。水稻原产于中国和印度，中国种植水稻距今已有七千余年的历史，世界多国已经广泛栽培。中国黑龙江五常大米和山东鱼台大米最为著名，鱼台大米为国家地理标志产品。稻芽具有健脾开胃的作用。物语：开天辟地，无限活力。

dì huáng
地黄

tiān kōng shēng qǐ fā guāng tǐ，xīng chén biàn chéng chūn zhǒng zi
天空升起发光体，星辰变成春种子。

yè mù dī chuí fēng gěi lì，dì huáng tuō chū huā rèn zhī
夜幕低垂风给力，地黄托出花认知。

地黄，别名：怀地黄、地髓、婆婆丁、地黄根、酒壶花、天黄。玄参科，地黄属，多年生直立草本。分布于辽宁、河北、山西、江苏、湖北等地区。花果期4—7月。地黄初夏开钟状紫红色花朵，小花的花托处有甜味。河南省新乡市原阳县产的地黄为上品。地黄根为有名的传统中药材，根茎药用，具有清热凉血等功效。物语：寂静无声，地下功成。

地衣 (dì yī)

bù zhī bù yè bù kāi huā, zǎo kàn bái yún wǎn kàn xiá.
不枝不叶不开花，早看白云晚看霞。
dì yī xīn lì bǐ tiān dà, huī shǒu fēi rù wàn qiān jiā.
地衣心力比天大，挥手飞入万千家。

地衣，别名：地衣门。全世界地衣大约有两万多种，被称为植物开路先锋。地衣是蓝细菌或藻类与真菌共生的复合体，追溯至4亿多年前，首度落户地球的就是这种孢子植物，地衣先利用自身的次生代谢物，即地衣酸分解岩石形成原始土壤，再利用自身孢子和高等植物同生共存。地衣为无污染指标，爽滑可口，具有清肝明目的作用。物语：象征载体，不可忽视。

dì yǒng jīn lián
地涌金莲

shēn shān gǔ sì rì yuè cháng fēng luán sōng bǎi piāo qīng xiāng
深山古寺日月长，峰峦松柏飘清香。
dì yǒng jīn lián yǒu néng liàng cháng wèi fó mén tiān jí xiáng
地涌金莲有能量，常为佛门添吉祥。

地涌金莲，别名：地金莲、地母金莲、地涌莲、地莲花、药芭蕉。芭蕉科，地涌金莲属，多年生丛生草本。产于云南中部至西部，多生于山间坡地。叶子形如芭蕉，大而翠绿，开花时，就地抽出粗壮茎秆，托举巨大金黄色花苞片，状如莲花极美，苞片中隐有待放小花朵。花可入药，有收敛止血等功效，茎汁用于解酒。物语：欲开未开，天仙归来。

dì yú
地榆

yǒu huā tóng xíng fēng rú jǐn　shèng xià xì yǔ mèng chéng zhēn
有花同行风如锦，盛夏细雨梦成真。
dì yú huā kāi qī yuè fèn　xuán hú yòu tiān yī hóng fěn
地榆花开七月份，悬壶又添一红粉。

地榆，别名：玉豉、黄爪香、山地瓜、小红枣、血箭草、枣儿红、土八红、山枣参。蔷薇科，地榆属，多年生草本。分布于华北、华中、华南、西南地区。花果期7—10月。地榆植株直立、健壮，就地而长，枝叶茂盛，叶片翠绿色，形状酷似榆树叶子，故名地榆。乡村多采摘其嫩叶当作时令野菜，也可做青饲料。地榆根入药，可治疗烧伤。物语：山水相伴，乡村之恋。

diào zhú méi
吊竹梅

tiān gōng xìn shǒu qiān chūn qíng, hé táng yuè gāo huā nòng yǐng.
天公信手牵春情，荷塘月高花弄影。
róu sī guà qǐ bàn lián mèng, diào zhú méi shàng yǎn xīng sōng.
柔丝挂起半帘梦，吊竹梅上眼惺忪。

吊竹梅，别名：水竹草。鸭跖草科，紫露草属，多年生常绿草本。蔓长0.3~0.5米。原产于热带美洲，中国福建、广东等地区有分布。吊竹梅枝叶匍匐、悬垂，叶面光滑，色泽美丽且多变，多用于盆栽吊篮观赏植物。吊竹梅喜温暖及光照充足的环境，花玫瑰色，蒴果。吊竹梅为传统中药材，具有清热解毒、凉血止血等功效。物语：秋千红索，悬垂紫波。

蝶豆
diédòu

rì chū bì hǎi chūn wú yán　yuè yǐn qīng shān qiū lián tiān
日出碧海春无沿，月隐青山秋连天。
dié dòu huā kāi zhèng càn làn　bīng lán cóng zǎo měi dào wǎn
蝶豆花开正灿烂，冰蓝从早美到晚。

蝶豆，别名：蓝蝴蝶、蓝花豆、蝴蝶花豆、蓝蝴蝶豆。豆科，蝶豆属，攀缘状草质藤本。原产于印度，中国广东、海南、浙江、福建等地区引种栽培观赏。花果期7—11月。蝶豆花种于地下可以攀爬上花架。翠绿色羽状叶衬托着冰蓝色的蝶豆花，如蝴蝶般翩翩欲飞，仙气满满。新鲜蝶豆花可入茶，能解乏养颜。物语：与蓝对酌，无花倾国。

dīng tóu guǒ
钉头果

kuà nián kāi huā yǒu táng mián　nì fēng chuī huǒ tiān xià xiān
跨年开花有唐棉，逆风吹火天下先。
xìn mǎ yóu jiāng chéng dà wàn　hé bù fèn tí shān shuǐ jiān
信马由缰成大腕，何不奋蹄山水间。

钉头果，别名：唐棉、气球花、气球果。萝藦科，钉头果属，灌木。原产于地中海，分布于欧洲各地，中国华北及云南栽培作药用。花期夏季，果期秋季。钉头果全株有白色乳汁，叶绿如柳，花果可同时观赏。钉头果的果实极美且带有纹路，形如浅绿色气球，内有白色飞絮种子，供药用，可治小儿肠胃病。物语：千奇百怪，趣致可爱。

dōng guā
冬瓜

dōng guā wàn shàng jiē dōng guā, zhǎng chéng yī gè pàng wá wa
冬瓜蔓上结冬瓜，长成一个胖娃娃。

lòu cuì qì yù gài zhòng xià, tiān xià wú wù kě bǐ tā
镂翠砌玉盖仲夏，天下无物可比它。

冬瓜，别名：东瓜、白冬瓜、白瓜子、冬瓜子、毛瓜。葫芦科，冬瓜属，一年生蔓生或架生草本。分布于亚洲热带或亚热带地区，澳大利亚东部及马达加斯加，中国栽培历史悠久，多为地生或攀缘生长。花果期夏季。花冠黄色，果实长圆柱状或近球状，有硬毛，其青翠外皮上覆有一层白霜。果皮和种子可药用。物语：悟出真谛，成就自己。

冬青

莫道知己寻常有，几人相伴到白头。
冬青什么都看透，却又从春等到秋。

冬青，别名：冻青树、万年枝、四季青。冬青科，冬青属，常绿乔木，高达13米。产于江苏、安徽、浙江、江西、福建、河南、湖南、广东等地区。花期4—6月，果期7—12月。植株美观极耐修剪，在冰天雪地中用其碧绿色美化着园林和庭院。冬青的根和叶均为医书中记载的传统中药材，具有清热解毒等功效。物语：冰雪之中，绿意倾城。

dòu bàn lǜ
豆瓣绿

yún jǐn fāng wéi duī xiāng zhǎng dòu bàn lǜ yè shèng hóng zhuāng
云锦芳帷堆香长，豆瓣绿叶胜红妆。

lǐ zhí qì zhuàng bù yī yàng chuī qì rú lán gǎn chēng wáng
理直气壮不一样，吹气如兰敢称王。

豆瓣绿，别名：客阶、如意草。胡椒科，草胡椒属，多年生肉质丛生。产于中国福建、广东、云南等地区，分布于美洲、大洋洲、非洲及亚洲热带和亚热带地区。豆瓣绿为时下盆栽界最流行的网红小清新，其叶片肥嘟嘟、绿油油，充满了生命的活力。全草药用。内服治风湿性关节炎、支气管炎，外敷治扭伤、骨折。物语：希望无限，绿色无憾。

dú dòu
毒豆

rì chū rì luò cóng bù xiū yuè liang chéng zài wú wéi chóu
日出日落从不休，月亮承载无为愁。
jīn liàn huā míng jiào dú dòu wàn qiān měi sè nán yōng yǒu
金链花名叫毒豆，万千美色难拥有。

毒豆，别名：金链花、毛叶金链花。豆科，毒豆属，小乔木。原产于欧洲南部，中国东北、西北地区有栽培。花期4—6月，果期8月。毒豆树形美观大方，开花时大串的黄色花序悬挂于枝头，绽放时一片金光灿烂。落花时，缤纷飞扬，满地铺金，非常美丽亮眼。毒豆全身都有毒，尤其是果实和种子。物语：请勿栽种，危及生命。

dú xíng cài
独行菜

wǔ yuè yún juǎn hóng rì xuán pāo guāng wàn qiān làng huā shān
五月云卷红日悬，抛光万千浪花山。
dú xíng cài yǔ fēng xiāng liàn huà shēn wéi yào dào rén jiān
独行菜与风相恋，化身为药到人间。

独行菜，别名：独荇草、辣辣菜、地合米、丁历、利利盖。十字花科，独行菜属，一年或二年生草本。生长于田间地头或荒野路旁，分布于中国南北方多个地区。花果期5—7月。独行菜喜欢成片生长，夏季会抽出细花葶，抱葶盛开很多细小花朵，花落后结籽。独行菜为医书中记载的常见中药材，种子具有清热解毒等功效。物语：心生敬畏，过量驳回。

莪术

鄰鄰清波碎月影，轻轻流淌君子风。
红妆绿浪不心静，美了一城又一城。

莪术，别名：文术、蓝姜、蓬莪术、山黄姜、蓬莪茂、黑褐姜黄。姜科，姜黄属，多年生草本。产于中国台湾、福建、江西、广东、广西、四川等地区。莪术因其花叶之美，常被当作盆栽花种于室内观赏。莪术的地下根茎形状长得好像一个个白色的小水萝卜。莪术的根茎为有名的传统中药材，具有活血化瘀等功效。物语：水边成长，美得荡漾。

é zhǎng cǎo
鹅掌草

xián yún huā dǐ bǎ yuàn xǔ, yù zhāi yuè liang dāng míng zhū
闲云花底把愿许，欲摘月亮当明珠。
é zhǎng cǎo xiǎng liú chūn zhù, wú nài xié fēng jiā xì yǔ
鹅掌草想留春住，无奈斜风加细雨。

鹅掌草，别名：二轮七、林荫银莲花。毛茛科，银莲花属，多年生草本。分布于中国云南西北部、四川、贵州等地区，日本、俄罗斯远东地区亦有分布。花期4—6月。在大片的青葱绿中，细细长长的花葶上，托举出一朵朵的洁白小花，恰如无穷碧海上布满点点繁星。鹅掌草根状茎可入药，治疗跌打损伤。物语：流云花影，眷恋其中。

é zhǎng qiū
鹅掌楸

yáo luò kuáng fēng shōu xià yǔ，é zhǎng qiū shàng méi yǎn shū
摇落狂风收下雨，鹅掌楸上眉眼舒。

huā yǔ mì fēng chū xiāng yù，yù jīn liú xiāng xìng zhì zú
花与蜜蜂初相遇，郁金流香兴致足。

鹅掌楸，别名：马褂木、马褂树、双飘树。木兰科，鹅掌楸属，落叶大乔木，高可达40米，中国特有珍稀树种，国家重点保护树种。产于中国南北方多个地区，生长于海拔900~1000米的山林地中。鹅掌楸的花朵灿烂夺目，花瓣用柠檬黄色衬出橘红色，豪华贵气，颇似郁金香之美。叶子和树皮均可入药。物语：白云与爱，随风而来。

番茄

fān qié

liú jīn qióng zhī suì yuè cháng，xuán chuí hóng tòu shuǐ jīng xiāng

流金琼枝岁月长，悬垂红透水晶香。

yí tài wàn qiān fàng yǎn wàng，tiān xià shuí bù wéi zhī kuáng

仪态万千放眼望，天下谁不为之狂。

番茄。茄科，番茄属，一年生半木质化草本。原产于南美洲，世界各地广泛栽培，各自拥有特色品种，中国南北方早期引种栽培，历史悠久。花果期夏秋季。现代番茄品种和形态多变，色泽鲜艳，营养丰富，可以生食、煮食、加工成酱汁。成熟番茄富含多种维生素，具有降低胆固醇、调节肠胃等功效。

物语：玲珑摇风，惊艳天穹。

fàn bāo cǎo
饭包草

wǔ mèi fāng míng fàn bāo cǎo， zhǎng yǒu měi lì yǎn jié máo
妩媚芳名饭包草，长有美丽眼睫毛。
yǎ de tiān dì dōu bù yào， zhǐ hǎo kāi chéng lán hǎi tāo
雅得天地都不要，只好开成蓝海涛。

饭包草，别名：火柴头、竹叶菜。鸭跖草科，鸭跖草属，多年生匍匐草本。分布于中国南北方各个地区。饭包草植株叶片翠绿美观，开非常精致优雅的蓝色三片小花，与鸭趾草的明显不同是其花托长有细长的“漂亮眼睫毛”。饭包草生命力旺盛，喜欢生长于湿润的沟边地角或水甸子周围。除枝顶生花外，茎基部有时产生无叶分枝。物语：自然史诗，非凡奇迹。

fěi shù
榧树

chūn huā qiū yuè bù yè tiān shí guāng liú shì nián fù nián
春花秋月不夜天，时光流逝年复年。

xiāng fěi zǐ shù shēng zhǎng màn zhōng chéng jiān guǒ dì yī xiān
香榧子树生长慢，终成坚果第一仙。

榧树，别名：香榧子、木榧、榧子、芝麻榧、野柏树、香榧、小果榧、凹叶榧、小果榧树、药榧。红豆杉科，榧树属，乔木，高可达25米。原产于中国，为中国特有树种，主产地浙江省嵊州的香榧王已经有1500年树龄。榧树树干笔直，树冠极具特色，美观大方。榧有香气，种子可榨油，榧树皮可提炼芳香油。物语：岁月悠悠，深情胜酒。

fèi cài
费菜

táo wán kōng qì táo jì mò， fèi cài wú huà yě yào shuō
淘完空气淘寂寞，费菜无话也要说。
jǐng tiān sān qī yòng chù duō， shān shuǐ tián yuán xū hé xié
景天三七用处多，山水田园须和谐。

费菜，别名：养心草、土三七、宽叶费菜、景天三七、长生景天、金不换。景天科，景天属，多年生草本。产于四川、湖北、江西、浙江、青海、宁夏、甘肃、河南、陕西、山西、河北等地区。费菜植株呈碧绿色，茎秆叶片细嫩口感清香，可以制作各种美食。费菜的根或全草可药用，有止血散瘀、安神镇痛等功效。物语：广生田野，大爱辽阔。

fēng chē mò lì
风车茉莉

rì yuè chuān suō rèn dōng xī　niè pán yòu jiàn chūn shēng jí
日月穿梭任东西，涅槃又见春升级。
bù yán bù yǔ bù fàng qì　fēng chē mò lì huā xìn shǐ
不言不语不放弃，风车茉莉花信使。

风车茉莉，别名：万字茉莉、络石藤、扒墙虎、过桥风、石邦藤、白花藤。夹竹桃科，络石属，常绿木质藤本。除新疆、青海、西藏及东北地区外，其他各地区均有分布。可用于美化园林街道。风车茉莉的小花形状长得像个五瓣风车。夏季随时可开出成千上万朵，很快就形成一面芳香四溢的花墙。风车茉莉的根、茎、叶、果实可药用。物语：香满土坡，自得其乐。

fú fāng téng
扶芳藤

sāng shàng jì zhù qíng àn shēng shān rén dú ài fú fāng téng
桑上寄住情暗生，山人独爱扶芳藤。
wú sī fèng xiàn qū bǎi bìng yán nián yì shòu tóu yī míng
无私奉献祛百病，延年益寿头一名。

扶芳藤，别名：九牛造、金钱风、爬墙草、爬山虎、岩风草、土杜仲。卫矛科，卫矛属，常绿藤本灌木。产于中国南北方各地区。花期6月，果期10月。扶芳藤攀缘往上，爬到一定高度或者树冠顶层能够获取足够阳光时，叶片即变大并开花结果。扶芳藤的茎叶可药用，具有强健筋骨、活血化瘀等功效。

物语：必经之路，超凡高度。

fó jiǎ cǎo
佛甲草

qián tíng lùn dào yún hǎi qián, hòu yuàn fó jiǎ shēng shí shān.
前庭论道云海前，后院佛甲生石山。

fāng cǎo zhǎng yú xià lín yuàn, xìng yǒu měi sè tiān chéng quán.
芳草长于下林苑，幸有美色天成全。

佛甲草，别名：佛指甲、狗牙菜、半支莲、铁指甲、佛甲菜、金枪药、伸甲草。景天科，景天属，多年生草本。原产于中国多个地区，分布于日本等周边国家。花期4—5月，果期6—7月。野生佛甲草植株美观，叶子修长微厚而尖细，颜色翠绿，盛开不起眼的黄色小花。佛甲草为传统中药材，具有清热解毒等功效。物语：感恩有你，无可代替。

fù pén zǐ
覆盆子

xī yáng jiàn biàn tiān gāo yuǎn, hǎi nà suì shí duī chéng shān.
夕阳渐变天高远，海纳碎石堆成山。
fù pén zǐ huā bù xiǎng huàn, bù xiǎng chūn huàn qiū róng yán.
覆盆子花不想换，不想春换秋容颜。

覆盆子，别名：树莓、红树莓、欧洲糙莓、欧洲红树莓、复盆子、绒毛悬钩子。蔷薇科，悬钩子属，落叶灌木。覆盆子生性强健，多生于杂木林边或者山坡灌丛中。覆盆子的茎秆细高，茎皮红色有微小的倒钩刺，翠绿色叶子带有美丽的皱褶和小锯齿，果实为传统中药材和食用水果，具有健脑明目等功效。物语：酸甜如常，快乐健康。

gān cǎo
甘草

tiān dì zào wù fēng fú yáo　shèng xià yíng lái yǔ xiāo xiāo
天地造物风扶摇，盛夏迎来雨潇潇。

guó lǎo jià lín yáng guān dào　zì bào jiā mén jiào gān cǎo
国老驾临阳关道，自报家门叫甘草。

甘草，别名：国老、甜草、东甘草、灵通、密甘、乌布斯、甜根。豆科，甘草属，多年生草本。产于中国，世界各地分布广泛。花期6—8月，果期7—10月。甘草茎叶呈翠绿色，美观大方，细小花朵形成粉紫色美丽花穗，精致漂亮。干燥甘草根为传统中药材，根和根状茎可药用，具有补脾益气、清热解毒等功效。物语：甜蜜入心，四季如春。

gān jiāo
甘蕉

sī suì pín qióng bù kào shén, fù zú yuán yú shēn gēng rén.
撕碎贫穷不靠神，富足源于深耕人。

gān jiāo rì yè dōu qín fèn, zhǐ wèi bào dá zhī yù ēn.
甘蕉日夜都勤奋，只为报答知遇恩。

甘蕉，别名：牙蕉、板蕉、天苴。芭蕉科，芭蕉属，多年生草本，高可达7米。原产于日本琉璃群岛，中国台湾有野生种，中国广东、广西、云南均有栽培。花期夏秋间。植株高大张扬，叶片鲜绿美观大方，果实味道甜美，可食用。甘蕉的花干燥后煎服，可治脑溢血，根与生姜、甘草一起煎服，可消渴。物语：田野丰韵，坚守初心。

gān lù zǐ
甘露子

cǎo mù fā yá lǜ rú yān　sì yǒu sì wú chūn wú biān
草木发芽绿如烟，似有似无春无边。
zǒu jìn qián qù zǐ xì kàn　xīn xīn bù yǐ jiào dì huán
走近前去仔细看，欣欣不已叫地环。

甘露子，别名：甘露、地环、地犁、地溜子、螺丝菜、宝塔菜、草石蚕、罗汉菜。唇形科，水苏属，多年生草本，高1.2米。产于中国华北地区，现多地种植分布广泛。甘露子的地上植株茎叶浓绿色，抱茎开淡紫色小花。地下根须顶端会生出螺旋状或环形地下果实，可制作八宝菜。全株入药，可治肺炎、风热感冒。物语：过眼云团，婉约成莲。

gān zhe
甘蔗

rì duǎn yè cháng xīng yuè lǎng，zhè tián wú chù bù fēng guāng。
日短夜长星月朗，蔗田无处不风光。
gān tián rù xīn xì sī liang，lián gēn bá qǐ shuí dǐ dǎng。
甘甜入心细思量，连根拔起谁抵挡。

甘蔗，别名：外蠰、果蔗、绿甘蔗、绿皮甘蔗，白甘蔗、青皮甘蔗。禾本科，甘蔗属，多年生高大实心草本。中国台湾、福建、广东、海南、广西等热带地区广泛种植。甘蔗外形如竹，可以直接当果子或者榨汁食用，鲜甜可口，茎秆为重要的制糖原料。广西玉林所产的甘蔗口感最好。甘蔗具有开胃健脾、清热解毒等功效。物语：甜源滚滚，控制尺寸。

gǎn lǎn
橄榄

chuī jìn fēi xuě fēng huí nuǎn　yún xiá chū luò èr yuè tiān
吹尽飞雪风回暖，云霞出落二月天。
gǎn lǎn zhī tóu fěn zhuāng yàn　xì huā fēi yáng guǒ mǎn yuán
橄榄枝头粉妆艳，细花飞扬果满园。

橄榄，别名：青果、谏果、忠果、山榄、青子、黄榄果。橄榄科，橄榄属，乔木，高可达35米。原产于中国南方地区。花期4—5月，果期10—12月。橄榄是很好的防风树种及行道树。广东市场常见有青橄榄销售。洗净后可以直接食用或者炮制药用。橄榄为医书中记载的传统中药材，具有生津止渴、利咽止痛等功效。物语：感人温度，源自草木。

gàng liǔ
杠柳

nián nián cǐ shí kàn chūn fēng　suì suì xīn jìng bù xiāng tóng
年年此时看春风，岁岁心境不相同。

gàng liǔ gēn pí yǒu dú xìng　réng huò yào lín liǎng kē xīng
杠柳根皮有毒性，仍获药林两颗星。

杠柳，别名：北五加皮、羊角叶、羊角桃。萝藦科，杠柳属，落叶蔓性灌木，长达4米。分布于中国吉林、辽宁、内蒙古、河北、山东、江苏等地区。花期5—6月，果期7—9月。杠柳根系发达，深扎入土锁住水分，可保水固沙。杠柳的紫红色花朵有细绒毛。根皮、茎皮可药用，具有祛风湿、强腰膝等功效。物语：沉思空想，瘦了阳光。

高梁

游离世外高梁红，底蕴厚重未发声。
宁可酿酒进大瓮，也不轻易就春风。

高梁，别名：蜀黍、芦穄、扫帚高梁、秫秫、甜芦栗、芦粟。禾本科，高梁属，一年生草本。分布于全世界热带、亚热带和温带地区，中国南北各省均有种植，中国栽培历史悠久。高梁的叶子可以饲喂牛羊，高梁秆的茎皮用于编织凉席及日用品，秆芯榨糖，高梁粒可以磨粉食用或者酿酒。高梁为传统中药材，具有除胃热、止消渴等功效。物语：若想命长，多吃杂粮。

gǒu gǔ
枸骨

qiān cì wàn cì jiān cì xiǎo, jìn kàn fāng zhī gǒu gǔ gāo.
千刺万刺尖刺小，近看方知枸骨高。

hóng guǒ jìn bèi lǜ huán bào, shú tòu yè zi dāng yào cǎo.
红果尽被绿环抱，熟透叶子当药草。

枸骨，别名：猫儿刺、八角刺。冬青科，冬青属，常绿灌木或小乔木。枸骨种属很多，有近似外形的植物分布地区广泛。枸骨呈小乔木形态时树形美观，叶子碧绿油亮形状美观带刺，簇生花朵白色或黄色。结大簇大簇的火红色小果子。枸骨的根具有滋补强壮、活络、清风热等功效，果实用于治疗体虚身热等。物语：纤手拾月，唯美之夜。

gòu
构

gòu shù měi chéng shùn kǒu liū　hún shēn shàng xià mào nǎi yóu
构树美成顺口溜，浑身上下冒奶油。
lǜ yè xíng zhuàng cāi bù tòu　zhǐ jiē guǒ zi bù jiē chóu
绿叶形状猜不透，只结果子不结愁。

构，别名：谷木、楮树、楮桃子、沙纸树、谷浆树、构桃树、野杨梅子。桑科，构属，落叶乔木，高10~20米。产于中国南北各地，也分布于周边亚热带地区。构不择土壤，生长快速，树形美观，绿色叶子形状各异。枝叶常用于家畜青饲料，果实可以食用。构的根、皮可入药，具有理肾脏、强筋骨等功效。物语：春秋都好，抒情色调。

guā lóu

栝楼

chǎng kāi xīn fēi kàn yè jǐng　zé gū cè ěr hán xiū tīng

敞开心扉看夜景，泽姑侧耳含羞听。

yuè lǎo hóng shéng wèi qiān dìng　biàn yǒu fēng dié luò huā cóng

月老红绳未牵定，便有蜂蝶落花丛。

栝楼，别名：泽姑、瓜蒌、天瓜、药王瓜、吊瓜、瓜娄。葫芦科，栝楼属，攀缘藤本。产于中国，各地区均有分布。栝楼生性强健，野生野长于山坡林间，生命力非常强，山坡地头到处都可能挂着金黄色栝楼，种子可用来泡水喝清肺火。栝楼果实和根为医书中记载的传统中药材，具有清热止咳等多种功效。物语：恰逢其时，莫过如此。

guāng guā lì
光瓜栗

chūn qiū dié jiā tiān duō qíng, rú qī ér zhì lìng lèi fēng.
春秋叠加天多情，如期而至另类风。

mǎn zài zhù fú rén cuán dòng, fā cái shù zài liú xíng zhōng.
满载祝福人攒动，发财树在流行中。

光瓜栗，别名：发财树、瓜栗、光巴栗、马拉巴栗。木棉科，瓜栗属，常绿小乔木，高可达18米。原产于巴西，中国华南及西南地区引进矮化。光瓜栗喜高温高湿气候，耐寒力差，幼苗忌霜冻。作为盆栽，人们为其取了一个寓意美好的名字叫发财树。因其植株美观大方，叶子翠绿极为漂亮而广受大众欢迎。物语：名字响亮，居家吉祥。

guì zhú xiāng
桂竹香

tiān rán yào cái guì zhú xiāng, jiàn cì kāi fàng fēng xīn shǎng.
天然药材桂竹香，渐次开放风欣赏。

sì jì rú chūn qiáo shǒu wàng, zì yóu zhī xīn yù fēi xiáng.
四季如春翘首望，自由之心欲飞翔。

桂竹香。十字花科，糖芥属，二年或多年生草本。原分布于欧洲南部，中国多个地区引进栽培观赏。花期4—5月，果期5—6月。桂竹香植株上长满细长绒毛，叶子浓绿色，几十朵小花簇拥成一个橙黄团子，宛如绣球又胜似绣球，渐次绽放时金光灿烂，香味浓郁，随风飘荡。桂竹香可药用，主治胃痛等。

物语：朝阳之色，不可多得。

海南山姜
hǎi nán shān jiāng

wéi kǒng bù jí qiān chūn shǒu, yuè guāng yáo de cǎo kòu xiū

唯恐不及牵春手，月光摇得草蔻羞。

mǎn shān biàn yě fēng jìn tòu, xìng yǒu bái shā dāng gài tou

满山遍野风浸透，幸有白纱当盖头。

海南山姜，别名：草蔻、小草蔻、开南山姜。姜科，山姜属，多年生草本，高达3米。产于中国广东、海南、广西、云南等地区。花期4—6月，果期5—8月。海南山姜叶子翠绿，形似芭蕉叶，簇生花朵白中透粉，丰腴美丽。以广东和海南所产的海南山姜为佳品。种子可药用，具有暖胃健脾等功效。

物语：天花着香，晓风新凉。

海枣

风流倜傥一树高，阳光缠成金椰枣。
含蓄春色自来俏，越是浑圆越美好。

海枣，别名：番枣、波斯枣、枣椰树、伊拉克枣。棕榈科，刺葵属，乔木状，高可达35米。原产于北非和西亚地区，中国南部引进种植。海枣树干笔直，树冠叶片张扬，硕大浓绿、美观大方，可为街道遮荫纳凉，为热带风景区优质观赏树种。果实富含果糖，营养丰富，适合发育中的青少年和低血糖人士食用。物语：记忆深远，甜美童年。

hán xiū cǎo
含羞草

qiǎn qiǎn fěn zǐ dàn dàn xiāng kāi kāi hé hé wèi shuí máng
浅浅粉紫淡淡香，开开合合为谁忙。
hán xiū cǎo huā ruò chóu chàng zhuō gè tài yáng jìn shuǐ táng
含羞草花若惆怅，捉个太阳浸水塘。

含羞草，别名：感应草、怕羞草、害羞草、怕丑草。豆科，含羞草属，披散、亚灌木状草本。原产于热带美洲，广泛分布于各热带地区，中国南方地区旷野荒地山脚地头到处可见。花期3—10月，果期5—11月。翠绿色羽状叶当感受到外力后会迅速闭合，故被称为含羞草。含羞草全草供药用，具有安神等功效。物语：妙趣横生，联想无穷。

hēi chá biāo zǐ
黑茶藨子

shān guāng yuè yǐng qí fēng gāo, fēng yún xuě jǐng gè zì hǎo.
山光月影奇峰高，风云雪景各自好。

hēi cù lì suī hēi róng mào, què shì guǒ zhōng dì yī bǎo.
黑醋栗虽黑容貌，却是果中第一宝。

黑茶藨子，别名：醋李、黑加仑、黑加伦、黑豆果、黑穗醋栗。茶藨子科，茶藨子属，落叶直立灌木。黑茶藨子分布广泛，世界多地都有野生或者栽培品种，中国黑龙江和新疆等地区均有栽培。黑茶藨子喜光、耐寒，栽培和管理容易，经济价值高，适宜在北方寒冷地区栽培。改良后的黑茶藨子果实酸甜适中，可加工成果脯和果汁。物语：与时俱进，前程似锦。

hóng chē zhóu cǎo
红车轴草

huái gǔ liáng shàng liú yàn ní　fēng yún liàn jiù cùn xīn zhī
怀古梁上留燕泥，风云恋旧寸心知。

hóng chē zhóu cǎo xún gù dì　dé zhī cǐ shí fēi bǐ shí
红车轴草寻故地，得知此时非彼时。

红车轴草，别名：三叶草、千日红、红三叶、红花苜蓿、荷兰翘摇。豆科，车轴草属，短期多年生草本。原产于欧洲中部，早期主要用途为牧草，中国南北方地区均有栽培历史。红车轴草已成为城市园林庭院美化环境的主要绿化植物。红车轴草逸生于林缘、路边、草地等湿润处，花序具有止咳平喘等功效。物语：大地之宝，济世神草。

红豆杉
hóng dòu shān

wēn róu xiāng zhōng lù tāi hóng　sǎ jīn zhàng lǐ dù píng shēng
温柔乡中鹿胎红，洒金帐里度平生。
shān shuǐ xiāng sī bù shì mèng　hóng dòu wèi jūn cáng shēn qíng
山水相思不是梦，红豆为君藏深情。

红豆杉，别名：卷柏、红豆树、观音杉、扁柏。红豆杉科，红豆杉属，大乔木，高可达30米。产于甘肃、云南等地区。红豆杉为中国特有树种，被列入《世界自然保护联盟》（IUCN）2013年濒危物种红色名录。红豆杉的枝叶、木材、种子普遍含有毒物质。红豆杉可供建筑、家具、农具等用材。物语：古树为人，焕发青春。

hóng guǒ bó zhù cǎo
红果薄柱草

zhēn zhū chéng hóng wàn lǐ cháng　qiān zhū wàn zhū bǐ fēng guāng
珍珠橙红万里长，千株万株比风光。

yí sì wù rù jīn shā zhàng　piān yòu jǐ shàng bái yù chuáng
疑似误入金纱帐，偏又挤上白玉床。

红果薄柱草，别名：橙珠草、橙果薄柱草。茜草科，薄柱草属，多年生匍匐小草本。产于中国台湾中南部地区，分布于澳大利亚以及菲律宾。红果薄柱草植株矮小美丽，是令年轻人爱不释手的观赏植物。刚挂果时，果实为白色，而后才会慢慢成熟，变成红色，此时果实里面装满了橙红色汁水，只能看不能吃。物语：甜蜜亲切，欢乐之色。

hóng huā hé
红花荷

dōng hán jué sè běn bù duō, chūn guāng zhà xiè nán pāo shě
冬寒绝色本不多，春光乍泄难抛舍。
xuě qīng wàn wù fēng tán luò, hào dàng yíng huí hóng huā hé
雪倾万物风弹落，浩荡迎回红花荷。

红花荷，别名：红苞木、吊钟王。金缕梅科，红花荷属，常绿乔木。高可达12米。产于中国香港，分布于中国广东中部及西部地区。花期3—4月。红花荷树形美观大方，枝条张扬，盛花期时，细梗红花荷总是羞红着笑脸，静静悬垂于枝头，柔美得极有特色。红花荷常被花农设计成漂亮的盆栽，高调地出现在迎春花市上。物语：冬花之王，极尽风光。

hóng jǐng tiān
红景天

nián nián xīn nián rù jiù nián　　huí huí fēng yíng hóng jǐng tiān
年年新年入旧年，回回风迎红景天。

děng xián ruò shí xiān cǎo miàn　　yōng bào xuǎn zài wèi bìng qián
等闲若识仙草面，拥抱选在未病前。

红景天，别名：东疆红景天、土三七。景天科，红景天属，多年生草本。产于中国吉林、辽宁、内蒙古、河北、山西、新疆、四川，生于海拔1800~2700米山坡林下或草坡，分布于欧洲北部至俄罗斯、蒙古、朝鲜半岛等地区。2021年红景天被列入《国家重点保护野生植物名录》。红景天可入药，用于治疗气虚血瘀、胸痹心痛、倦怠气喘等症。物语：健康长寿，不懈追求。

hòu yè yán bái cài
厚叶岩白菜

nóng zhuāng wàn nián mǒ bù kāi, lǜ líng rú liàn tà yún lái.
浓妆万年抹不开，绿绫如练踏云来。

wǔ yuè hòu yè yán bái cài, hán xiū zhàn fàng chéng huā hǎi.
五月厚叶岩白菜，含羞绽放成花海。

厚叶岩白菜，别名：岩白菜、星叶梅。虎耳草科，岩白菜属，多年生草本。产于中国高海拔地区，生于海拔1100~1800米的落叶松林下或阳坡石隙，阿尔泰山和蒙古北部等地区也有分布。花果期5—9月。厚叶岩白菜的叶子肥厚呈翠绿色，大而有细毛。厚叶岩白菜可开出一簇簇粉红色或粉紫色的美丽花朵。全草入药。物语：石之琼田，照样耀眼。

hú jiāo
胡椒

xiāng yuè běn bù fēn bǐ cǐ, hù dòng jìn rù nóng qíng qī
相悦本不分彼此，互动进入浓情期。

zhī tóu yáng qǐ qiū xīn yì, hú jiāo xīn là tiān xià zhī
枝头扬起秋心意，胡椒辛辣天下知。

胡椒，别名：披垒、白胡椒、黑胡椒、昧履支。胡椒科，胡椒属，木质攀缘藤本。原产于东南亚，现广植于热带地区，中国南方多地栽培种植，分为白胡椒和黑胡椒。白胡椒以海南产的最为著名。黑胡椒在欧美地区食用广泛，胡椒味道鲜香辛辣浓郁，无论黑胡椒、白胡椒都具有温胃散寒、健胃止吐等功效。物语：太古万千，香翻几番。

hú luó bo
胡萝卜

chū shēng tài yáng zhào dì tóu, nǎ kē lù zhū bù hán xiū
初升太阳照地头，哪颗露珠不含羞。

tiān qiàn wú yá fēng chéng jiù, hú luó bo shàng xiě chūn qiū
天堑无涯风成就，胡萝卜上写春秋。

胡萝卜，别名：土人参、红萝卜、胡芦菔、红芦菔。伞型科，胡萝卜属，一年生或二年生草本。胡萝卜原产于亚洲西部，现已为世界广泛栽培种植，中国栽培历史悠久。胡萝卜产量很高，以中国河北省永清县的胡萝卜生吃最为甘甜爽脆。胡萝卜含多种维生素甲、乙、丙及胡萝卜素，具有保护视力等功效。物语：无须置评，已知轻重。

hú tuí zǐ
胡颓子

huā yǔ luò rì jìng wú shēng, qiū jǐng gù pàn cōng máng xíng
花与落日静无声，秋景顾盼匆忙行。

hú tuí zǐ kāi xiāng sī mèng, xū dài míng nián yuē chūn fēng
胡颓子开相思梦，须待明年约春风。

胡颓子，别名：羊奶子、羊奶奶、牛奶子、三月枣、半含春、甜棒槌、雀儿酥。胡颓子科，胡颓子属，常绿直立灌木，高3~4米，为亚洲温带或亚热带地区的野生植物。产于中国江苏、浙江、福建等地区。花期9—12月，果期翌年4—6。胡颓子枝条张扬，叶子呈油绿色，花朵细小、密集。胡颓子果及根、叶可入药。物语：硕果累累，味道甜美。

hǔ shé hóng
虎舌红

zhī nán ér xíng huā wú shēng　　dà míng dǐng dǐng hǔ shé hóng
知难而行花无声，大名鼎鼎虎舌红。
dēng gāo wàng yuǎn zǎo yuē dìng　　qià féng qí shí jiù zòng qíng
登高望远早约定，恰逢其时就纵情。

虎舌红，别名：红毛针、红毛毡、老虎脷、红毡、毛凉伞、红八爪。紫金牛科，紫金牛属，矮小灌木。产于中国，分布于广东、广西、云南、贵州、四川等地区。虎舌红植株低矮强壮，厚厚的舌形叶片紫红或翠绿，长满细细的绒毛，果实圆润鲜红欲滴，看上去恰似虎舌舔珠，故而得名虎舌红。全草入药，具有清热利湿等功效。物语：民间宝贝，虎年荟萃。

huā jiāo
花椒

huā jiāo chéng jiù bì yún tiān bù ài wū shā bù ài qián
花椒成就碧云天，不爱乌纱不爱钱。

xiǎo bù diǎn ér yě guà guān zhǐ jiāng xiāng qì sǎ rén jiān
小不点儿也挂冠，只将香气洒人间。

花椒，别名：红椒、川椒、秦椒、山椒、红花椒、大红袍。芸香科，花椒属，落叶小乔木。产于中国北方和长江流域多个地区，为广泛应用的重要香料之一。花期4—5月。花椒以中国四川省汉源县所产的最为著名，唐朝元年已经开始栽培，因进献给皇宫而被称为贡椒。花椒用作中药，有温中行气、逐寒、止痛等功效。物语：独树一帜，无物可比。

花木蓝
huā mù lán

bù qī ér yù bié yàng xiāng huā mù lán kāi xīn guī fáng
不期而遇别样香，花木蓝开新闺房。
tiān shēng bù ài shū nǚ yàng lè zài shèng xià zhuō mí cáng
天生不爱淑女样，乐在盛夏捉迷藏。

花木蓝，别名：山蓝、桦槐蓝、山绿豆、山花子、吉氏木蓝、白秾子梢。豆科，木蓝属，小灌木，高0.3~1米。产于中国吉林、辽宁，分布于朝鲜、日本。花期5—7月，果期8月。花木蓝耐干旱、耐潮湿、耐贫瘠，生命力顽强。花木蓝株形美观大气，粉红色豆蔻，花团锦簇，极为漂亮。花木蓝枝条可用于编筐。物语：夏秋花月，不忍轻折。

花烟草
huā yān cǎo

bù rěn liú shì xià rì fēng　wǎn xiá yòu zuì sān wǔ chóng
不忍流逝夏日风，晚霞又醉三五重。
huā yān cǎo cóng hǎo yǎ xìng　zhèng zhòng sòng chū bié yàng qíng
花烟草丛好雅兴，郑重送出别样情。

花烟草，别名：烟草花、烟仔花。茄科，烟草属，有限的多年生草本，高可达1.5米。原产于巴西及阿根廷，中国黑龙江省哈尔滨市、北京市、江苏省南京市等地区引进栽培观赏。花烟草生命力极强，植株强健，枝繁叶茂，花团锦簇。花烟草喜温暖、向阳的环境及肥沃疏松的土壤，耐旱、不耐寒，较耐热。物语：无拘无束，自得乐趣。

huā yē cài
花椰菜

wù yǔ bìng fēi zài yǎn qián，bǔ zhuō xì wēi xū gǎn guān
物语并非在眼前，捕捉细微须感观。

shí guāng bù lǎo rèn chén diàn，xī lán huā míng rù yào diǎn
时光不老任沉淀，西蓝花名入药典。

花椰菜，别名：西蓝花、花菜、椰菜花、洋菜花。十字花科，芸薹属，二年生草本。原产于地中海东海岸，19世纪初引入中国南部地区，现各地区广泛栽培。花椰菜分为绿色和白色两个大类。长期食用能够为人体提供多种维生素和增强抗病力，故被列入当今蔬菜之首，具有抗病、抗老、抗氧化等功效。物语：释放浪漫，温暖人间。

huá xià cí gū
华夏慈姑

jǐ piàn cuì lǜ níng lù zhū, xiāng qīn xiāng ài fēng jiě dú.
几片翠绿凝露珠，相亲相爱风解读。
jì dé dāng nián chū xiāng yù, sòng gè fāng míng jiào cí gū.
记得当年初相遇，送个芳名叫慈姑。

华夏慈姑，别名：茨菰、慈姑、燕尾草、白地栗、乌芋、驴耳朵草。泽泻科，慈姑属，多年生草本。中国长江以南各省区广泛栽培，日本、朝鲜亦有栽培。华夏慈姑栽培历史悠久，嫩茎和果实营养价值高。华夏慈姑以江苏宝应县所产的最为著名，该地被称为中国慈姑之乡，广东台山大江的斗洞慈姑口感也很棒。慈姑具有生津润肺等功效。物语：水中之宝，未来逍遥。

桦树

银河之水压下来，滔滔不绝填沧海。
桦树从来不言败，潇洒接受天安排。

桦树，别名：白桦、粉桦、桦木、红桦。桦木科，桦木属，灌木或中小乔木。桦树种属很多，分布于世界各地，中国产有29个种属。桦树分为白桦、红桦、黑桦、硕桦等多个品种。桦树的树皮可以用于书写绘画、制作工艺品，汁液可以用来制作糖浆和食品。桦树材质优良，是一个重要的工业用材树种，在餐饮业中也被广为利用。物语：任何平衡，源于运动。

huái
槐

huái shù wú yì xiù mèi zī　qià féng tài yáng yòu zǎo qǐ
槐树无意秀媚姿，恰逢太阳又早起。
shuí liào dòu kòu jiāo wú lì　rèn yóu chūn fēng rào huā zhī
谁料豆蔻娇无力，任由春风绕花枝。

槐，别名：国槐、槐树、槐花树、守宫槐、蝴蝶树、毛叶槐。豆科，槐属。产于中国辽宁、云南等地区。花期7—8月。槐生长缓慢木质细密，其木材为制作高级家具的原材料。枝头叶子稠密翠绿，花朵簇生呈淡黄色。槐花含芳香油，药用为清凉性收敛止血药，根皮、枝叶具有清热解毒等功效，槐实能止血降压。物语：雅而不俗，高尚情趣。

huán liàng cǎo
还亮草

bǐ bǐ jiē shì huā xiān zǐ měi de lìng rén nán zì yǐ
比比皆是花仙子，美得令人难自已。
huán liàng cǎo kāi yòu rú shì jīng yàn hé chù bù shí yí
还亮草开又如是，惊艳何处不拾遗。

还亮草，别名：还壳草、飞燕草、臭芹菜。毛茛科，翠雀属，一年生草本，茎高0.3~0.78米。分布于中国南北方各个地区。野生的还亮草生长于山坡、草地或村头地角，叶子翠绿，美观大方。花朵形状奇特漂亮，蓝紫色，在杂草丛中十分抢眼。还亮草不宜种植于家中。全草入药，对治疗风湿性关节炎等有功效。物语：迷雾轻烟，时光冲淡。

huáng guā
黄瓜

tiān guà míng yuè shān sòng fēng　gé kōng chuī rù nóng jiā péng
天挂明月山送风，隔空吹入农家棚。
cuì lǜ huáng guā yìng yùn shēng　qīng xiāng gèng shèng huā liǎng chéng
翠绿黄瓜应运生，清香更胜花两成。

黄瓜，别名：胡瓜、王瓜、青瓜、刺瓜、线黄瓜、黄藤瓜、勒瓜、瓜菜、胡瓜子、王瓜子。葫芦科，黄瓜属，一年生蔓生或攀缘草本。原产于印度，中国各地区栽培种植历史悠久。其果为中国各地夏季主要蔬菜之一。黄瓜生熟皆可食用。在欧美地区，酸黄瓜食用广泛。黄瓜为传统中药材，其茎藤药用，能够消炎、镇痉。物语：天降大任，豪气干云。

huáng huā hāo
黄花蒿

zhí wù wén míng zhú shuǐ cháng hàn shān zhī jǔ xiǎng sì fāng
植物文明逐水长，撼山之举响四方。

tiān biān xiān qǐ huí chūn làng kē xué zhī guǒ huò nuò jiǎng
天边掀起回春浪，科学之果获诺奖。

黄花蒿，别名：秋蒿、草蒿。菊科，蒿属，一年生草本。黄花蒿为耐寒、耐热、耐干旱、耐贫瘠的植物，广泛分布于中国南北方和世界多个地区。黄花蒿生命力旺盛，叶子翠绿开黄色小花，气味浓郁。夏天采摘编成辫子晒干后，点燃可熏蚊虫。本种不同于植物学上称的“青蒿”，二者药用功能相近，黄花蒿富含“青蒿素”。物语：路边野草，天然之宝。

huáng jǐn
黄槿

huáng jǐn huá gài bù suàn gāo　rì shàng sān gān zhān zhī liǎo
黄槿华盖不算高，日上三竿粘知了。
yǎn chì bù ràng zì jǐ jiào　bǐng xī zhī tóu fáng zhé yāo
掩翅不让自己叫，屏息枝头防折腰。

黄槿，别名：海麻、海罗麻、桐花、苦皮麻、叶网麻。锦葵科，木槿属，常绿灌木或乔木，高可达10米。分布于中国台湾、广东、福建等地区，越南、老挝、印度等也有分布。黄槿树生命力强，开金黄色花朵，美艳如茶花。广东乡村房前屋后多有种植，绿色新鲜叶子经常采摘洗净，供蔬食。黄槿树皮能够制作绳索，木材做家具。物语：观赏之余，当作食物。

物语集

植物类

B

八角　　物语：千年食至，可谓大矣。
巴豆　　物语：凶猛如虎，见者服输。
巴戟天　　物语：透彻解读，必可领悟。
白菜　　物语：生长快速，赏心悦目。
白豆　　物语：视线所及，天然无敌。
白及　　物语：风中起舞，自给自足。
白鲜　　物语：田野馈赠，养颜美容。
白英　　物语：花如人愿，其美如山。
白芷　　物语：有限生命，无限动能。
百代兰　　物语：一抹绿意，减排开启。
百里香　　物语：火山能量，天地流芳。
百脉根　　物语：人间悲喜，尽收眼底。
棒叶落地生根　　物语：独特植物，另有情趣。
宝盖草　　物语：故土恋天，药在眼前。
蓖麻　　物语：人畏之患，尽可防范。
槟榔　　物语：内露煞气，弊大于利。
播娘蒿　　物语：绿野仙踪，颇为有用。

C

蚕豆　　物语：巧设天工，田中怡情。
长药八宝　　物语：济世良药，民间八宝。
苍耳　　物语：早年泛滥，如今稀罕。
苍术　　物语：恬淡心境，广渡众生。
草果　　物语：家常菜色，味不可夺。
草莓　　物语：里外透红，风韵天成。
草木樨　　物语：流翠护航，花更芳香。
柴桂皮　　物语：嫦娥玉兔，稀有桂树。
陈皮　　物语：流云有形，老树无声。

秤锤树　　物语：开阔胸怀，快乐飞来。

赤小豆　　物语：殷实话题，恒久方式。

川鄂乌头　　物语：人生如河，岁月流过。

穿龙薯蓣　　物语：地底纵横，出土有用。

垂柳　　物语：春烟袅袅，绿雨潇潇。

莼菜　　物语：清涟出尘，微光更新。

葱　　物语：聪明好运，万事皆顺。

翠雀　　物语：蓝伴盛夏，画中有画。

酢浆草　　物语：扶摇千里，增长见识。

D

大豆　　物语：志存高远，欲上青天。

大花茄　　物语：花紫树高，浪漫缭绕。

大麻　　物语：因醉而醉，故被定罪。

大麦　　物语：天有美酒，地无忧愁。

丹参　　物语：拔萃涌动，心神安定。

当归　　物语：点到为止，后会有期。

刀豆　　物语：灿若剪碧，遁如君子。

稻　　物语：开天辟地，无限活力。

地黄　　物语：寂静无声，地下功成。

地衣　　物语：象征载体，不可忽视。

地涌金莲　　物语：欲开未开，天仙归来。

地榆　　物语：山水相伴，乡村之恋。

吊竹梅　　物语：秋千红索，悬垂紫波。

蝶豆　　物语：与蓝对酌，无花倾国。

钉头果　　物语：千奇百怪，趣致可爱。

冬瓜　　物语：悟出真谛，成就自己。

冬青　　物语：冰雪之中，绿意倾城。

豆瓣绿　　物语：希望无限，绿色无憾。

毒豆　　物语：请勿栽种，危及生命。

独行菜　　物语：心生敬畏，过量驳回。

E

莪术　　物语：水边成长，美得荡漾。

鹅掌草　　物语：流云花影，眷恋其中。

鹅掌楸　　物语：白云与爱，随风而来。

F

番茄　　物语：玲珑摇风，惊艳天穹。

饭包草　　物语：自然史诗，非凡奇迹。

榧树　　物语：岁月悠悠，深情胜酒。

费菜　　物语：广生田野，大爱辽阔。

风车茉莉　　物语：香满土坡，自得其乐。

扶芳藤　　物语：必经之路，超凡高度。

佛甲草　　物语：感恩有你，无可代替。

覆盆子　　物语：酸甜如常，快乐健康。

G

甘草　　物语：甜蜜入心，四季如春。

甘蕉　　物语：田野丰韵，坚守初心。

甘露子　　物语：过眼云团，婉约成莲。

甘蔗　　物语：甜源滚滚，控制尺寸。

橄榄　　物语：感人温度，源自草木。

杠柳　　物语：沉思空想，瘦了阳光。

高粱　　物语：若想命长，多吃杂粮。

枸骨　　物语：纤手拾月，唯美之夜。

构　　物语：春秋都好，抒情色调。

栝楼　　物语：恰逢其时，莫过如此。

光瓜栗　　物语：名字响亮，居家吉祥。

桂竹香　　物语：朝阳之色，不可多得。

H

海南山姜　　物语：天花着香，晓风新凉。

海枣　　物语：记忆深远，甜美童年。
含羞草　　物语：妙趣横生，联想无穷。
黑茶藨子　　物语：与时俱进，前程似锦。
红车轴草　　物语：大地之宝，济世神草。
红豆杉　　物语：古树为人，焕发青春。
红果薄柱草　　物语：甜蜜亲切，欢乐之色。
红花荷　　物语：冬花之王，极尽风光。
红景天　　物语：健康长寿，不懈追求。
厚叶岩白菜　　物语：石之琼田，照样耀眼。
胡椒　　物语：太古万千，香翻几番。
胡萝卜　　物语：无须置评，已知轻重。
胡颓子　　物语：硕果累累，味道甜美。
虎舌红　　物语：民间宝贝，虎年荟萃。
花椒　　物语：独树一帜，无物可比。
花木蓝　　物语：夏秋花月，不忍轻折。
花烟草　　物语：无拘无束，自得乐趣。
花椰菜　　物语：释放浪漫，温暖人间。
华夏慈姑　　物语：水中之宝，未来逍遥。
桦树　　物语：任何平衡，源于运动。
槐　　物语：雅而不俗，高尚情趣。
还亮草　　物语：迷雾轻烟，时光冲淡。
黄瓜　　物语：天降大任，豪气干云。
黄花蒿　　物语：路边野草，天然之宝。
黄槿　　物语：观赏之余，当作食物。